W0345012

La Fille aux cheveux d'encre

casterman
87, quai Panhard et Levassor
75647 Paris cedex 13

www.casterman.com

ISBN 978-2-203-04306-0
N° d'édition : L.10EJDN000959.N001
© Casterman 2012
Achevé d'imprimer en novembre 2011, en Espagne.
Dépôt légal : janvier 2012 ; D.2012/0053/435
Déposé au ministère de la Justice, Paris
(loi n° 49.956 du 16 juillet 1949 sur les publications destinées à la jeunesse).

Tous droits réservés pour tous pays.
Il est strictement interdit, sauf accord préalable et écrit de l'éditeur, de reproduire (notamment par photocopie ou numérisation) partiellement ou totalement le présent ouvrage, de le stocker dans une banque de données ou de le communiquer au public, sous quelque forme et de quelque manière que ce soit.

Annelise Heurtier

La Fille aux cheveux d'encre

Illustré par Princesse Camcam

casterman

Pour leur présence, leur disponibilité de chaque instant,
pour leur incroyable gentillesse et leur générosité,
à Annick et Jean-Marc, mes parents

1

5 NOVEMBRE, 8 HEURES 07

Aujourd'hui, ça fait un mois que j'ai rencontré Chine. Un petit mois de rien du tout, alors que j'ai l'impression de la connaître depuis toujours. Chine, ce n'est pas le pays, mais la fille que j'aime.

C'est la première fois que je suis amoureux et que je crois que c'est réciproque. Non, en fait c'est la première fois que je suis amoureux tout court. Alors il faut que je fasse très attention, parce que, entre elle et moi, c'est tellement fort que c'est impossible que ça m'arrive une deuxième fois.

Je m'appelle Timothée, j'ai treize ans et j'ai déjà déménagé quatre fois. Et à part ça, j'ai une vie tellement ordinaire que, parfois, je me demande à quoi elle sert. Enfin, ça, c'était jusqu'à ce que je rencontre Chine.

Chine, c'est la première personne qui m'a parlé quand je suis arrivé dans mon nouveau collège.

Je déteste être le nouveau, ce qui tombe mal parce que justement, ça m'arrive souvent. Tout le monde vous regarde comme si vous étiez en slip ou comme si on vous avait refilé le pull de votre grand-père, ou les deux à la fois. Il faut traverser toute la classe sous les regards des élèves qui se retournent au fur et à mesure, ça donne l'impression d'avoir des semelles de plomb.

Quand je suis entré, je l'ai tout de suite remarquée. Dans la classe, on aurait dit que tout était gris et blanc, sauf son pull rouge et elle dedans. Elle avait d'épais cheveux qui coulaient comme de l'encre sur ses épaules et quelque chose de très étrange, qui me donnait envie d'aller vers elle alors qu'elle semblait très distante. Elle était là sans être là, on aurait dit que, quoi qu'il puisse se passer, elle n'était pas concernée.

Elle m'a fait penser à un personnage de haïku. J'aime bien les haïkus[1] : avec les BD et le

1. Les haïkus sont des petits poèmes japonais au style très codifié, qui, en trois vers, montrent l'étonnement merveilleux que l'on peut éprouver devant des choses banales, extraordinairement ordinaires. Ils comportent toujours une référence à la nature.

programme télé, c'est la seule chose que je lis. Déjà, parce que c'est très court. Et parce que ça me donne l'impression d'être ailleurs, dans un endroit qui ne ressemble qu'à moi et qui ne change pas, même quand je déménage. J'ai essayé d'en écrire quelques-uns. Je ne sais pas ce qu'ils valent et, à vrai dire, je m'en fiche, parce ce que je n'ai pas l'intention de les montrer à qui que ce soit.

— Timothée ? Timothée !

La voix de la prof principale, qui m'avait planté sur l'estrade pour me présenter aux autres, m'a fait sursauter. Elle aurait pu dire que je m'appelais Jean-Gyrophare et que j'étais champion de mots croisés que je ne l'aurais même pas remarqué. J'étais complètement hypnotisé par la Fille aux Cheveux d'Encre, ça me faisait presque mal de la regarder.

La prof a continué :

— Voyons, Timothée… où est-ce que tu vas t'installer ? Tiens, va donc là-bas, à la table de Chine.

Sur le coup, je n'ai pas très bien compris. C'était quoi, cette histoire de tables chinoises ? De quoi est-ce qu'elle me parlait ?

Et puis la Fille aux Cheveux d'Encre s'est

levée et j'ai réalisé que Chine, c'était comme ça qu'elle s'appelait.

Chine. Chine Chine Chine. J'ai répété plusieurs fois le prénom dans ma tête et j'ai décidé que ça lui allait parfaitement bien, parce que c'était un prénom incroyable. Comme elle.

D'un coup, je me suis senti mal. Qu'est-ce que j'allais bien pouvoir lui dire ? De quoi parlait-on avec une fille comme ça ? Et pourquoi j'avais mis ce pull à carreaux ? Elle allait me trouver complètement nul, c'est sûr.

La prof principale m'a tapoté le dos. J'ai inspiré un bon coup et j'ai commencé la Grande Traversée de la Classe. Ce qui est bizarre, c'est qu'en fait, je n'avais pas de semelles de plomb à traîner, d'ailleurs, c'est la première fois que ça m'arrivait.

La Fille aux Cheveux d'Encre m'a regardé dans les yeux, ça m'a cloué sur place, avant de dire d'une voix très calme et assurée :

— Salut. Je m'appelle Chine.

J'ai bredouillé un « salut, moi c'est Timothée » en m'y reprenant à deux fois, ce qui était plutôt idiot puisque la prof m'avait déjà présenté. D'ailleurs, Chine a répondu en souriant :

— Oui, je sais.

C'est comme ça qu'entre nous, ça a commencé.

2

5 NOVEMBRE, 16 HEURES 42

— Bon alors, tu viens ?

Chine est contrariée, comme à chaque fois que je discute avec quelqu'un d'autre qu'elle. Mais finalement, si elle me veut entièrement pour elle, c'est la preuve qu'elle est amoureuse de moi, non ? Alors je fais semblant de soupirer, mais au fond de moi, je chante, je cours, je hurle de joie. Et je suis rassuré, aussi, parce que, rapport à elle, j'ai toujours l'impression d'être aussi intéressant qu'un documentaire sur l'histoire de la tringle à rideau. Ça a commencé dès le premier jour, pendant un cours de géo. On était en train de cartographier les cours d'eau du continent africain, quand elle m'a sorti comme ça, au milieu de rien :

— Quand j'étais petite, j'habitais au Kenya, à

Nairobi. Dans la savane, il faut faire attention à ne pas tomber sur une lionne avec ses petits. C'est très dangereux, les lionnes.

— Et alors, qu'est-ce qu'on fait si on en voit ? j'ai chuchoté en l'imaginant tapie au milieu des herbes hautes.

— Tu recules doucement en la regardant droit dans les yeux, mais surtout tu ne te retournes jamais.

J'ai pensé à mes parents qui n'arrêtaient pas de nous faire déménager et qui n'avaient jamais été fichus de nous emmener dans des endroits comme ça. Chine croisait des lionnes énervées dans la savane, et moi, la seule chose que je pouvais raconter des villes où j'avais habité, c'est qu'en Alsace j'avais eu la coqueluche, que l'essence de notre voiture avait gelé dans le Jura et qu'à Valenciennes, on ne dit pas serpillière mais wazingue. J'ai cherché un truc à raconter, n'importe quoi qui aurait pu me rendre un peu moins ordinaire, mais je n'avais rien. Même ma cicatrice au sourcil, je dis toujours que je me la suis faite dans un championnat de surf, alors qu'en vérité, je n'ai jamais vu l'océan. En vrai, elle date de la fois où je me suis cogné en ouvrant trop fort la porte du placard de la salle de bain.

C'est drôle à pleurer.

Quelques minutes plus tard, la fin du cours a sonné.

– J'aurais préféré ne jamais y aller, a alors ajouté Chine en rangeant ses affaires.

– Où ça ? j'ai répondu sans réfléchir, parce que j'étais toujours occupé à chercher comment poursuivre la conversation en ayant l'air intéressant.

Chine m'a répondu d'un air excédé et j'ai eu l'horrible sentiment d'être le pire crétin qu'elle ait jamais rencontré, ce en quoi elle aurait eu raison. Qui d'autre se serait laissé déconcentrer pendant que la Fille aux Cheveux d'Encre parlait ?

– Au Kenya ! Tu ne m'écoutais pas ?

– Bien sûr que si ! j'ai aussitôt répondu en espérant que ça sonne évident.

Je me suis dépêché d'ajouter :

– Ne pas y être allé ? Au Kenya… Tu rigoles ? Moi, la seule chose que je connais de l'Afrique, c'est le magasin de Maalik en bas de chez moi !

Chine m'a regardé dans les yeux et il m'a semblé que les siens prenaient toute la place sur son visage. On s'est levés pour sortir de la salle et elle m'a soufflé :

— Mes parents sont morts quand on était là-bas.

Je me suis senti encore plus idiot. J'ai voulu faire quelque chose, disparaître ou l'embrasser, mais pour cela, il aurait fallu être lâche ou courageux. Et je n'ai même pas été fichu d'être l'un des deux. Alors j'ai continué d'avancer sans rien dire et j'ai foncé dans Bertille qui s'était arrêtée en plein milieu de la salle pour refaire son lacet.

Ce qui est incroyable, c'est qu'après une entrée en matière aussi désastreuse, Chine a continué à me parler. À moi, Timothée Lambert, le type le plus désespérément ordinaire de la terre. Et ce qui est encore plus dingue, c'est qu'on s'est même tout de suite bien entendus.

En fait, comme il ne m'arrive jamais rien, j'ai vite compris qu'il fallait que je mise sur autre chose que lui en mettre plein la vue. La faire rire. Lui faire plaisir. Ou l'écouter. Je veux dire, l'écouter vraiment, et parfois même, essayer de parler de choses qu'on a au fond de soi et qu'on ne partage avec personne d'autre.

Et ce n'est pas difficile. De toute façon, je crois que je serais prêt à faire n'importe quoi pour qu'on me laisse seulement la regarder.

— Timothéeeeeeeee !

Je serre la main de Mathieu et je file rejoindre Chine qui fait la tête de quelqu'un qui attend depuis douze ans.

3

5 NOVEMBRE, 16 HEURES 46

Chine m'attend, assise sur les marches de l'église. Avec ses converses vert fluo et sa jupe blanche étalée tout autour de ses genoux, elle est belle comme un chou à la crème ou une danseuse.

Chine, c'est la seule fille du collège qui porte autre chose que des jeans ou des pulls couleur de rien. Quand elle met son short bleu électrique, on ne voit qu'elle dans les couloirs, mais elle s'en fout. En fait, je crois qu'elle aime bien ça, être remarquée. Être le centre de l'attention. C'est une autre raison pour laquelle je l'admire. Moi, moins on me regarde et mieux je me porte.

— J'en ai marre de t'attendre ! elle grogne sans même lever les yeux. Qu'est-ce que tu lui racontais, à Mathieu ?

Je cherche quelque chose qui pourrait faire rire une danseuse énervée. Mais je ne trouve pas. Au collège, à la place des maths et de la physique, on ferait mieux d'apprendre à être spirituel, ça serait plus utile.

— Oh, des trucs. Rien d'important.

Je continue, d'un air que j'espère engageant :

— Qu'est-ce que tu veux faire ?

Elle ne répond rien, mais heureusement, j'ai parfois des éclairs de génie :

— Tu veux qu'on aille au photomaton ?

Le photomaton, elle adore ça, je ne compte plus le nombre de fois où elle m'y a traîné. Elle commence par prendre des poses de cinéma et ensuite, généralement, elle déjante complètement. Elle grimace, elle embrasse l'écran ou se coiffe n'importe comment, et moi, il faut que je fasse pareil, sous peine d'être catalogué « type super barbant ».

Elle marche à côté de moi, sans un mot. Et puis d'un coup, elle se met à pleurer. Sans me prévenir, rien ! Qu'est-ce qu'elle a ?

— Qu'est-ce que j'ai dit ? Tu ne veux pas y aller ? Hé, attends, on n'est pas obligés, je disais ça pour te faire plaisir, moi !

Elle secoue la tête pour dire que ce n'est pas ça.

— T'as mal quelque part ? T'as l'appendicite ? T'as… tes trucs de fille ?

Elle lève les yeux au ciel. Toujours non. Parfois, c'est un peu compliqué d'essayer de sortir avec une fille.

— Ben qu'est-ce que t'as ? Dis-moi !

Chine lève la tête et me regarde avec ses grands yeux inondés, elle doit me voir tout flou :

— C'est mon anniversaire, aujourd'hui… et tout le monde s'en fout !

Je ferme les yeux en me traitant de tous les noms. Comment j'ai pu oublier son anniversaire ? Pour quelqu'un qui cherche à séduire, ça commence mal.

Il faut dire que j'ai des circonstances atténuantes, aussi. C'est quand même un peu à cause de la prof de maths, si je ne m'en suis plus souvenu. Déjà, elle était énervée à cause des interros qu'elle nous a rendues. On a tous eu des notes minables, même Chine qui, normalement, est bonne en tout. Elle nous a servi le discours habituel : qu'on ne faisait rien, que si ça continuait on allait redoubler et que ce n'était pas au mois de juin qu'il faudrait se réveiller. Et puis après l'intercours, elle ne trouvait plus ses lunettes et il a fallu que toute la classe l'aide à les chercher, ce qui n'a servi à rien, car on ne les a pas retrouvées. Impossible de mettre la main dessus. Elle a des tout petits yeux, la prof, sans ses lunettes, ça lui fait une tête de fouine. Alors voilà, avec tout ça, je n'ai plus repensé à l'anniversaire de Chine.

Je suis planté au milieu du trottoir avec ma danseuse qui renifle comme un déménageur quand soudain, j'ai une idée. C'est la deuxième en un quart d'heure, il va neiger.

— Viens, suis-moi !

Je lui attrape le bras et on fait demi-tour.

— Mais qu'est-ce que tu fais ? demande Chine en me regardant monter les marches de l'église.

— Tu verras ! Allez, viens, je te dis !

Je pousse la porte en bois et le temps que mes yeux s'habituent, je ne vois rien du tout. Je respire à fond l'air sombre et froid. Ça sent une odeur... une odeur d'église, quoi. J'aime bien cette odeur, ça me donne l'impression d'être complètement ailleurs, dans un endroit où le temps se repose.

Autour de nous, il n'y a que du silence et un vieux qui roupille sur la rangée du milieu. Soudain, j'ai très envie de hurler « ohéééé ! », comme quand j'étais petit, juste pour entendre ma voix résonner.

— Ferme les yeux, je chuchote à Chine.

Je vérifie qu'elle ne triche pas et je l'entraîne dans le coin des vœux à deux euros, là où il y a tous les cierges. On met de l'argent dans une tirelire en fer-blanc, on allume une bougie et on peut faire un vœu. Enfin, personne n'est là pour vous obliger, mais autant faire un vœu, sinon ça fait cher la lumière. J'imagine que ceux qui ont besoin d'un gros coup de main donnent plus. À voir le nombre de cierges déjà allumés, il y a pas mal de monde qui doit être convaincu que ça marche. Moi, je ne peux pas dire parce que je n'ai jamais essayé. Je ne vais jamais à l'église. Ma mère dit qu'on n'a pas besoin d'aller voir un curé pour croire en quelque chose. Je suis bien d'accord avec elle. À mon avis, c'est comme l'amour : c'est à l'intérieur de soi que c'est le plus fort.

En tout cas, c'est beau, ces petites flammes dans l'obscurité. Le visage de Chine est tout décoré d'ombres de lumière qui dansent.

Je fouille mes poches. Je n'ai rien dans celle de droite et la monnaie du pain d'hier dans celle de gauche. Je compte. Quinze centimes. Ça ne fait quand même pas beaucoup, pour un vœu, quinze centimes. Ça doit à peine être assez pour demander d'avoir deux fois de la pizza.

Dans ma poche arrière, je trouve un ticket de bus. Allez, y a personne, ça fera l'affaire. L'important, c'est de donner quelque chose, non ? En plus il n'est même pas composté. Je glisse mon ticket dans la boîte. Il y a une grande bougie sur la gauche, mais je ne la prends pas, faut pas exagérer. En équivalent tickets, elle vaudrait tout le carnet. J'en choisis une plus petite et, pendant que je l'allume, je fais mon vœu.

Je souhaite que Chine et moi, ça soit pour la vie… enfin, en supposant que je l'embrasse un jour.

– Tim ! chuchote Chine qui attend toujours, les yeux clos. C'est bon ? Je peux ouvrir, là ?

Mince, je l'avais presque oubliée !

– Euh… oui oui, vas-y, c'est bon !

Elle ouvre les yeux, et sans qu'elle ait le temps de demander quoi que ce soit, je lui crie « Bon anniversaire ! » et je lui dis de souffler les bougies.

Pendant quelques secondes, Chine ne répond rien. Puis soudain, elle éclate de rire, ça résonne dans toute l'église, ça fait des ricochets sur les parois. Elle essaie de souffler sur les cierges mais comme elle rit de plus en plus, elle est obligée de s'y reprendre à trois fois. Ça fait comme une cascade de rires et moi, je la regarde en souriant parce que c'est quand elle rit de cette manière, exactement de cette manière, qu'elle est le plus jolie. Ça lui dessine des petites fossettes juste en dessous des yeux. Il faut être attentif pour ne pas les rater. Elles se méritent. Chine rit toujours si fort que le vieux ne dort plus. D'ailleurs, il ne dort tellement plus qu'il vient vers nous, d'un air carrément pas content.

— Hé, vous deux !

Chine et moi, on sort de l'église en courant. Il peut bien continuer à crier qu'on ne s'en tirera pas comme ça et que le curé le saura, de toute façon, on s'en fout. On se marre comme des bossus, et pour l'instant, il n'y a que ça qui compte.

4

5 NOVEMBRE, 17 HEURES 32

— Là-haut, c'est ma chambre.

On est tout en bas d'une maison qui est si grande que ça me fait mal au cou de la regarder. De près, j'en ai rarement vu des comme ça : il y a presque autant de fenêtres que là où j'habite, sauf que moi, c'est un immeuble.

Le soleil tape sur les vitraux. À l'intérieur, ça doit faire des rais de lumière rouge, jaune et verte, ça doit être beau.

Tout à l'heure, avec mon idée d'anniversaire à l'église, j'ai vraiment été inspiré. Après, Chine était tellement de bonne humeur qu'elle m'a invité chez elle. Elle dit que c'est la première fois qu'elle amène un garçon du collège. Je suis fier, parce que, être le premier à aller chez elle, ça veut forcément dire quelque chose. Je pense que ça signifie qu'à ses yeux, je ne suis pas comme les autres. Enfin il me semble. En fait, je ne suis pas seulement fier, je suis heureux, je flotte sur un petit nuage, à quinze mille de tous les autres, de tous ceux qui sont populaires, qu'on choisit toujours en premier pour former l'équipe de foot ou que les filles regardent en gloussant. Je me sens un peu important et c'est agréable, car ce n'est rien de dire que ça ne m'arrive pas souvent. Alors pour la remercier de cette sensation nouvelle qui explose dans mes poumons, je lui promets de lui fêter son anniversaire tous les mois.

Je suis planté devant l'immense maison comme un poireau heureux. Chine sourit et me tend la main.

— Bah qu'est-ce que tu fais ? Allez viens, quoi !

On monte les quelques marches qui conduisent à la porte d'entrée. De chaque côté des marches, il y a des sortes de buissons taillés en forme de boule.

Je n'en reviens pas de connaître quelqu'un qui habite dans une maison comme ça. Chine pousse la porte d'entrée et à l'intérieur du hall, j'ai soudain l'impression d'avoir rapetissé. C'est immense et il y a une bonne douzaine de lustres allumés et des tableaux abstraits sur les murs, ça me rappelle le musée qu'on avait visité avec ma classe de CM2. C'est dommage que je n'aie pas d'appareil photo parce que ma mère, quand je vais lui raconter, elle ne me croira jamais. Chine referme la porte, qui est très haute et pleine de trucs sculptés, quand un type très propre qui n'a pas l'air d'être un comique arrive vers nous. Je me demande qui il est. Son grand-père ? Son père adoptif ? En fait, je me rends compte que je ne sais même pas qui s'occupe d'elle, depuis que ses parents sont morts.

Il se penche tout raide et tourne la tête vers Chine :

– Et ce jeune homme, j'imagine que c'est un camarade de classe ?

« Jeune homme. » « Camarade. » En fait, il est marrant, ce gars, on dirait qu'il sort tout droit d'il y a cinquante ans. Je le salue avec mon air très poli, celui qui fait plaisir à ma mère.

– Papa et maman sont là ? demande Chine en lui tendant sa veste.

À mon avis, c'est un majordome. Oui, c'est ça. Un majordome, pareil que dans les livres ou à la télé. Si on m'avait dit qu'un jour, j'en verrai un, et que ça serait chez la fille que j'aime, ça m'aurait bien fait marrer.

— Vos parents rentreront tard ce soir, mais ils ont fait livrer un très beau gâteau pour votre anniversaire. Avec des physalis.

Chine a l'air d'être déçue, je le vois dans ses yeux. Peut-être qu'elle ne voulait pas de phy... comment il a dit déjà ? Je n'ai jamais entendu un nom pareil. De quoi peut-il bien parler ?

Chine soupire et demande :

— On pourrait en avoir dans ma chambre ?

Sans attendre la réponse, elle m'attrape par le bras et me dit de la suivre. On monte un grand escalier en pierre et elle me raconte une histoire de rambarde mais je n'écoute pas. Ça fait à peine dix minutes qu'on est arrivés et je me pose déjà plein de questions. Déjà, quel genre de boulot font les propriétaires de la maison pour pouvoir se payer un majordome ? Si ça se trouve, ils ont aussi une cuisinière et un chauffeur. Et surtout, il y a quelque chose qui cloche. Je n'ai pas relevé tout de suite, mais ça y est, ça m'est revenu. Ça m'a même sauté à la figure et y est toujours accroché.

Si ses vrais parents sont morts au Kenya, de qui pouvait-elle bien parler avec le majordome, quand elle a dit « papa et maman » ?

Chine ouvre la porte de sa chambre. La pièce est immense. Je rentre en jetant un regard circulaire. Je pensais qu'il y aurait des masques africains ou un collier de dents de crocodile, mais j'ai beau regarder, je ne vois rien. Même pas un portrait de zèbre. Par contre, il y a une coiffeuse remplie de trucs de filles, des étagères rayonnées de centaines de bibelots, des fringues sur un canapé, des magazines par terre, des jeux vidéo, des livres, un piano. Énorme et brillant. Elle m'explique qu'elle a horreur de ça mais que ça fait plaisir à ses parents qu'elle en joue et puis pourquoi je fais une tête pareille.

— Tu les as depuis quand, tes parents ? je lui réponds du tac au tac.

Chine fronce les sourcils :

— Ben… depuis que je suis née ! C'est débile, ta question !

— Ben pas tant que ça, figure-toi.

Elle n'a pas l'air de comprendre, alors je reprends :

— Je croyais qu'ils étaient morts en Afrique.

Chine me regarde comme si je venais de lui proposer de la glace à la viande.

— Morts en Afrique ! Mais pourquoi tu dis ça ?

— Parce que c'est toi qui me l'as dit, tiens !

Elle fronce les sourcils, elle doit chercher de quoi je peux bien parler, puis éclate de rire.

— Bah, allez, c'était une blague, quoi ! T'es bêta, toi, tu crois tout ce qu'on te dit !

Elle rigole, mais ça ne sonne pas pareil que tout à l'heure, à l'église. C'est un rire qui ne va pas du tout avec son visage. Je me sens idiot. Et en colère.

En fait, elle se fout de moi. J'ai une boule dans la gorge. Pourquoi elle m'a invité, si c'est pour me dire des trucs pareils ? Je ne me sens pas bien. Il fait trop chaud, personne n'est payé pour ouvrir les fenêtres, ici ? Et puis j'ai l'impression d'être comme un bouton au milieu du front, dans cette maison remplie de trucs qui me sont complètement inconnus et que j'ai peur de casser. Je vais rentrer chez moi, oui, voilà ce que je vais faire, et ça ne va pas traîner. On toque à la porte. Chine crie « ouiii ! ». C'est un gros gâteau au chocolat parsemé d'espèces de minuscules lanternes de papier avec, derrière, le majordome qui le porte.

Je n'avais pas très faim mais j'ai quand même accepté de rester pour manger du gâteau, déjà par politesse et ensuite parce que je ne voulais pas partir sans avoir vu les physalis. J'ai regardé Chine cueillir une petite lanterne. Elle l'a ouverte du bout des doigts et c'est là que j'ai aperçu la petite cerise orangée qui s'y trouvait cachée. Avec un sourire à tomber par terre, Chine m'a tendu le physalis.

— J'adore ça, les amours en cage, pas toi ?

J'ai marmonné un « oui » pour ne pas passer pour le dernier des idiots et j'ai croqué le petit fruit inconnu.

J'ai bien fait de ne pas partir tout de suite, parce que c'est le meilleur gâteau que j'aie mangé depuis l'enterrement de la tante Philomène. À mon avis, il ne vient pas du supermarché.

Chine est debout devant moi, elle me fait des démonstrations de judo, je la regarde comme si j'étais au spectacle. Elle fait des mouvements dans le vide en se marrant, c'est drôle et en même temps, c'est beau. Dans son visage, tout va tellement bien ensemble que plus tard, elle pourra être présentatrice télé, mannequin ou femme de footballeur.

C'est incroyable l'effet qu'elle peut avoir sur mon cerveau, sur mon estomac… sur moi en entier. Je l'aime si fort que quand j'y pense, ça me donne envie de pleurer. Je voudrais tellement qu'elle sache tout ce que j'ai à lui dire, mais je ne sais pas par où commencer. Si j'osais, là, je crois que je lui écrirais un haïku. Et peut-être même que je lui chuchoterais dans le creux de l'oreille, tout près de ses cheveux sombres et brillants.

Alors, au bout d'un moment, je n'ai plus envie de partir. De quoi je me plains ? Moi, Timothée Lambert, un mètre soixante de banalité, je viens manger des physalis dans une maison assez grande pour loger tout mon immeuble, chez la fille la plus hallucinante que j'aie jamais rencontrée.

Après tout, elle a raison, c'est moi qui suis peut-être nul en blague.

5

10 DÉCEMBRE, 9 HEURES 50

Ce matin, Mme Chabert a de nouvelles lunettes. Elle est de super bonne humeur, elle dit qu'y voir clair à nouveau, c'est un peu comme enfiler un gros pull molletonné quand on a très froid. Elle a raison, d'ailleurs moi, rien que de les regarder, ses lunettes, ça me fait monter la température d'un degré. Parce que son ancienne paire, je sais où elle est, même si j'aurais préféré ne pas le savoir. Je sais, ça peut paraître bête, « un point de détail », comme dit souvent la concierge, mais ça m'a quand même gâché la moitié du week-end. Parce que les anciennes lunettes de Mme Chabert, elles sont sous le lit de Chine. Et je ne parviens toujours pas à m'expliquer comment elles y sont arrivées.

C'était la semaine dernière, quand je suis

retourné chez elle pour fêter son anniversaire du mois. Son sac est tombé, et comme il était ouvert, tout s'est renversé par terre. Alors je me suis baissé pour l'aider à ramasser et c'est là que je les ai vues, cachées sous son lit. Elle pense que je n'ai rien remarqué car je n'ai rien dit. Mais je sais que c'étaient les lunettes de Chabert. Déjà, Chine n'en porte pas et puis même si elle en avait, je ne pense pas qu'elle choisirait les mêmes que celles de la prof de maths, qui sont affreuses et qui font des yeux de lémuriens. Chine les lui a piquées, je ne vois pas d'autre solution. Mais imaginer Chine en train de voler quelque chose, ça me paraît complètement absurde.

Mme Chabert est toujours en train de nous expliquer cette histoire de cercle circonscrit, mais je n'écoute pas. Je n'y peux rien, elle me déconcentre, avec ses nouvelles lunettes. Je regarde Chine qui a toujours l'air aussi détachée de tout et je me dis que c'est moche, parce que ce n'est pas sous mon lit qu'elles sont, les lunettes, mais sous le sien.

Je ne comprends pas. Qui voudrait piquer les lunettes d'un prof ? Elle n'en a pas besoin, ça ne vaut pas un clou et surtout, ça sert à quoi ? C'est complètement stupide. Non, elle a sûrement une très bonne raison.

Sa femme de ménage a peut-être les mêmes et les a fait tomber en passant l'aspirateur ? Ou alors c'est une coutume africaine, un truc vaudou ?

— Mais enfin, Timothée, tu n'as encore rien recopié ?

Mme Chabert est à côté de moi, ça me fait sursauter, parce que je ne sais pas comment elle a fait pour descendre si vite de l'estrade.

— Qu'est-ce que tu as ?

Ses nouvelles lunettes sont tout près de mon nez, j'ai l'impression qu'il fait 40 degrés. Il faudrait peut-être que je lui dise de les enlever.

La sonnerie me sauve de l'insolation. Je recopie à toute vitesse ce qui est écrit au tableau et, dans la cour, je rejoins Chine qui grignote nonchalamment une gaufrette. Il faut absolument que je lui parle de cette histoire de lunettes.

Je ne sais pas trop par où commencer, alors je lui dis :

— T'en veux ? en lui proposant mon casse-croûte.

Elle fait non de la tête. C'est vrai qu'elle n'a pas l'air en forme, ma brioche, on dirait qu'elle a été rouleau-compressée au fond de mon sac. Je prends ma respiration et je lui dis dans un souffle :

— Jesaispourleslunettesdechabert.

— Tu sais quoi ? elle me répond.

— Elles sont chez toi, sous ton lit.

Chine arrête de mâchonner et me fixe quelques instants sans rien dire.

— Mais de quoi tu parles ?

Elle a un drôle d'air. Elle voit bien que je sais qu'elle ment, d'ailleurs je lui dis :

— Arrête, Chine, je sais que tu mens !

— Oh, ça va, tu m'agaces avec ça ! C'est pas bien grave !

Je me lève, presque en sursautant :

— Ah, tu vois que c'est vrai ! Pourquoi t'as fait ça ? C'est débile ! Qu'est-ce que tu voulais en faire, de ses lunettes ?

J'ajoute, plus bas :

— En fait, je ne comprends pas. C'est ça, qui me dérange.

— T'as pas vu comme elles étaient moches ?

— Ben si, et alors ? Tu voulais qu'elle s'en rachète d'autres ?

En m'entendant, je sens que ça ne sonne pas très convaincant. Elle lève les yeux au ciel, comme si je venais de sortir une énormité :

— Mais bien sûr, je n'ai que ça à faire.

Elle sort de sa poche deux caramels, m'en donne un et, tout à coup, devient sérieuse.

— J'ai eu 5 à l'interro. 5, tu te rends compte ? Moi, Chine Eztavinski ! Alors en sortant, quand j'ai vu ses lunettes sur le bord de la table, je te jure, je ne sais pas ce qui m'a pris, je les ai mises dans ma poche. Je n'ai pas pu m'en empêcher. C'est vrai, c'était nul de ma part, surtout que je ne sais même pas ce que je vais en faire. Mais quand même, 5 ! Je savais tout, en plus !

Elle a l'air de trouver ça normal, on dirait presque que ça l'amuse. Moi je trouve ça juste… idiot, surtout de sa part. Le caramel me fait un drôle de goût dans la bouche, en plus, il me colle aux dents. Je n'aurais pas dû le manger, mon dentiste me le répète tout le temps : « On ne mange pas de bonbons quand on porte un appareil dentaire. »

Chine se rapproche de moi et ses yeux se mélangent dans les miens. Ils sont un peu verts, un peu marron, ça dépend comment on les regarde.

Elle glisse sa main dans la mienne. Elle est douce et tiède, mais ça me donne la chair de poule. Mes jambes sont toutes bizarres, alors je me rassois à côté d'elle.

— Allez, je ne le ferai plus. Et puis regarde, elle est bien mieux, avec ses nouvelles lunettes, non ?

Elle se penche vers moi. Mon estomac se vrille, s'entortille et se recroqueville. Dans ma tête, c'est tout vide.

Elle m'embrasse. 10 décembre 2009, 9 heures 56. Je ferme les yeux. J'ai l'impression d'avoir attendu ça toute ma vie. Chine et moi, on sort ensemble. Dans mon ventre, des millions de papillons décollent.

J'ai tellement pensé à ce moment. J'ai tout répété, tout millimétré, je savais exactement comment ça devait se passer. Sauf qu'en réalité, c'est allé si vite que je n'ai même pas eu le temps de penser à ma technique de baiser. J'espère que je m'en suis bien sorti.

Chine me sourit, sa bouche est toute rose :

— Et toi, si tu m'aimes… tu ne diras rien !

6

12 MARS, 23 HEURES 37

Je n'arrive pas à dormir. Je me tourne et me retourne dans mon lit en repensant à ce qui s'est passé aujourd'hui.

Depuis trois mois qu'on est ensemble, Chine et moi, on n'a pas reparlé des lunettes de Chabert. Après tout, ce n'est pas une paire de lunettes qui allait nous empêcher d'être ensemble. D'ailleurs, quand on s'aime, on doit tout partager. Ma cousine Vanessa le dit tout le temps, et elle a de l'expérience, elle en est à son troisième mari.

Et puis ça n'aurait pas été très cool de ma part de faire des histoires pour un truc pareil alors que Chine, elle est toujours la première à me filer un coup de main. Comme pour les interros de maths ou pour les fois où je n'ai plus de monnaie.

Ou comme aujourd'hui, pour l'anniversaire de Victor. Il fallait venir déguisé. Chine a immédiatement trouvé ça super, elle était tout excitée. Moi pas : je n'aime pas les fêtes costumées, je n'ai jamais d'idée. Finalement, j'ai décidé de me déguiser en Super Timothée, ce qui est bien comme costume, parce que ce n'est pas trop compliqué à fabriquer, surtout que je l'avais déjà l'année dernière, pour le carnaval de la MJC.

Vers 14 heures, je suis parti de chez moi avec mon déguisement et l'espoir que les autres n'auraient pas des tenues super sophistiquées. Tout allait très bien jusqu'à l'arrêt de bus, quand il a commencé à pleuvoir. Parce que, à ce moment-là, j'aurais préféré avoir un parapluie plutôt qu'une cape en papier crépon.

Le bus est arrivé avec du retard et quand je suis monté, j'ai vu dans la vitre que ma moustache dessinée au crayon noir avait tout dégouliné. J'avais voulu me donner un air de brun ténébreux. Résultat, on aurait dit que je m'étais roulé le menton dans le cambouis. Super réussi. Dans le bus, un bébé s'est mis à pleurer rien qu'en me regardant. C'est de la faute de mes parents, aussi. Pourquoi est-ce que je suis obligé de faire une demi-heure de bus pour aller en ville ? Pourquoi n'y a-t-il pas quelqu'un qui m'emmène, comme Chine ? Dans une grande voiture bien nettoyée, avec personne à côté qui pue, qui tousse ou qui parle tout seul.

J'ai sorti un mouchoir et j'ai cherché un siège pour pouvoir essuyer mes restes de moustache. J'ai avancé et c'est là que c'est arrivé. Un grand « craac » qui avait l'air de venir de juste derrière moi. Je me suis retourné et je l'ai vue. Ma cape. Coincée dans les portes du bus. Avec mes cheveux mouillés, mes traînées noires sur le visage et mes lambeaux de cape autour du cou, j'avais l'air de rien du tout.

Il ne manquait plus que ça. J'allais être le seul à ne pas être déguisé et j'allais encore me sentir comme un caillou dans un paquet de lentilles.

À l'arrêt de bus, Chine m'attendait sous un parapluie, dans son costume de pom-pom girl rouge et sec. Je suis descendu du bus avec autant d'enthousiasme qu'un poisson crevé. Quand elle m'a vu, les yeux de Chine sont devenus tout ronds.

— Mais, en quoi t'es déguisé ?

J'ai bien compris qu'elle se retenait de rire, ça m'a encore plus énervé.

— Toi, tu t'occupes de ce qui te regarde, t'as compris ?

Je n'avais pas envie de lui parler. Qu'est-ce qu'elle pouvait comprendre, elle, avec ses bonnes notes, sa maison de magazine et tous ses majordomes qui lui portaient ses manteaux ?

— Tu m'énerves ! Allez, lâche-moi !

Je l'ai bousculée pour aller… je ne savais même pas où.

Chine m'a rattrapé par le bras :

— Attends, Timothée ! Calme-toi, on va trouver une solution !

— Facile à dire ! Forcément, pour toi, c'est jamais compliqué ! T'es parfaite ! T'as tout ce que tu veux ! je lui ai lancé en regardant son costume.

Elle n'a rien dit pendant quelques instants, avant de répondre tout bas :

— Sauf des parents qui s'occupent de moi…

Elle a eu un regard que je ne lui connaissais pas. Immensément triste. Je m'en suis voulu, je n'aurais pas dû lui dire ça. J'avais mal pour elle, mais je ne savais pas quoi lui dire pour la consoler. Alors pour changer de sujet, j'ai enlevé ma mini-cape et je lui ai montré :

— Bon, mais qu'est-ce que tu veux que je fasse ? Ça repousse pas !

Chine a réfléchi quelques instants, puis a crié « je sais ! » avant d'ouvrir son sac de sport.

— Avant de venir, j'avais mon entraînement de judo ! Tu veux mon kimono ?

J'ai eu l'impression qu'elle me lançait une bouée de sauvetage. Le kimono serait sûrement un peu serré, mais de toute façon, ce serait toujours mieux que mon déguisement raté.

Dans le garage de Victor, la musique était si forte qu'elle me faisait vibrer le cœur. J'ai hurlé dans l'oreille de Chine :

— Tu viens, on sort ?

Chine a hoché la tête. On a zigzagué entre les filles qui dansaient, on est passés devant un groupe de garçons qui riaient, puis devant Mathieu qui m'a tapé l'épaule en souriant.

On s'est glissés à l'extérieur. Il pleuvait. On s'est assis dans un coin du balcon, elle avec sa jupe rouge et moi avec mon kimono blanc. On a regardé la pluie tomber sans rien dire, juste en se donnant la main. Ça sentait l'herbe mouillée.

J'étais si bien, alors que la musique criait dans le garage, que sans réfléchir, j'ai chuchoté :

Le monde
est devenu
un cerisier en fleur

C'était la première fois que je récitais un haïku devant quelqu'un d'autre que mon reflet dans le miroir. Même ma mère, je ne lui en parlerai jamais, ça me gênerait trop, comme si ça pouvait lui permettre de voir à l'intérieur de moi. Mais avec Chine, en ce moment et à cet endroit, je me sentais si bien que ça m'a paru évident, bien plus que d'essayer de lui expliquer ce qui se passait au fond de moi.

Elle m'a regardé, tout étonnée.

— C'est beau, elle a dit après quelques secondes.

Puis elle a ajouté :

— Qu'est-ce que c'est ?

Alors je lui ai expliqué. Les haïkus, le moment extraordinairement ordinaire, le 5-7-5, le temps, les sentiments, tout. Je ne pouvais plus m'arrêter de parler, j'aurais pu continuer pendant des heures.

— Mais comment tu connais ça ? Et celui que tu viens de réciter, c'est toi qui l'as écrit ?

— Celui-là, non. Il est de Ryokan, un poète japonais.

J'ai hésité puis j'ai ajouté :

— Mais j'en ai… écrit, enfin, j'essaie.

— C'est pas vrai ? Tu me les feras lire ?

Ses yeux étaient grands ouverts. Je crois que c'est la première fois qu'elle avait l'air épatée par quelque chose qui venait de moi. Je lui ai dit :

— Oui, je crois que ça me plairait que tu les voies. En fait, tu es la première... enfin, je n'en avais jamais parlé à personne, quoi.

Elle m'a embrassé. Longtemps.

— Merci.

On s'est remis à regarder la pluie tomber. Mais elle avait l'air un peu gênée. Au bout de quelques minutes, elle a murmuré :

— Je n'ai jamais habité en Afrique, en fait.

Je n'ai pas bougé. Je fixais droit devant moi, il y avait toujours autant de gouttes qui tombaient sur l'allée, mais d'un coup, elles me parurent froides et sans intérêt.

— Timothée ?

J'ai inspiré un bon coup :

— Pourquoi tu me dis ça, maintenant ?

Je lui en voulais de gâcher un instant qui paraissait si parfait.

Chine avait les yeux rivés sur ses genoux.

— Tes haïkus. Tu m'as dit des choses dont tu n'as jamais parlé à personne et qui n'étaient qu'à toi.

J'ai répondu d'une voix plus dure que je ne l'aurais voulu :

— Tes parents, l'Afrique... T'en as encore beaucoup, des bobards comme ça ?

— Non. C'est tout.

Je me suis levé pour retourner dans le garage, elle m'a imité.

— Alors pourquoi t'as inventé ça ?

Elle a levé son visage vers moi.

— Je ne sais pas. Pour me rendre intéressante, j'imagine ?

Elle était si belle, avec ses yeux verts et ses cheveux liquides, que ça m'a pincé l'estomac. Ma colère est tombée illico.

J'ai soupiré :

— Ben c'était vraiment pas la peine, tu vois.

J'ai pensé : « Tu es tellement l'inverse de moi. »

7

16 MARS, 15 HEURES 50

Dans moins de deux heures, après les cours, Chine viendra chez moi. Ça faisait longtemps que j'en avais l'idée, mais je n'avais encore jamais osé l'inviter. En fait, j'ai peur de ce qu'elle va penser. J'espère que quand elle aura vu où j'habite, elle m'aimera encore, même si chez moi, c'est tout petit, que mon petit frère a toujours la goutte au nez et que ma mère ne pourra pas s'empêcher de poser un milliard de questions du plus haut intérêt sur ma journée et si c'était bon, au self.

Je ne sais pas si j'ai bien choisi mon jour, parce que Chine a l'air un peu énervée. Je la surveille du coin de l'œil en continuant mes étirements.

La prof de sport frappe dans ses mains :

— Allez, ça suffit ! C'est fini pour aujourd'hui !

Je me redresse, ça fait du bien d'être déplié.

Je cours rejoindre Chine, qui fait la tête de quelqu'un qui attend depuis douze ans, mais sous la pluie.

— Qu'est-ce qu'il y a ? je lui demande.

— C'est Amanda ! elle me dit en la désignant du menton.

Amanda, c'est vraiment un poison. Elle croit qu'elle peut tout décider, sous prétexte que sa mère c'est le maire. En plus elle parle fort. J'ai horreur des gens qui parlent fort. Quand on se balade en ville, il y a toujours des troupeaux de filles qui beuglent dans la rue, elles ont l'impression que ça les rend intéressantes, elles ne se rendent même pas compte qu'elles sont juste vulgaires.

— Ben je sais que c'est Amanda !

Chine lève les yeux au ciel en soupirant. Complètement ratée, ma blague. Soit je joue très bien la comédie, soit elle me prend vraiment pour un débile.

— Euh... Chine, je blaguais, là.

— Ah, d'accord.

— Bon alors, qu'est-ce qu'elle t'a fait, la méchante Amanda ?

Chine fulmine :

— Elle m'a fait un croche-pied pendant le

match de foot ! Non mais pour qui elle se prend, cette dinde ?

Elle me montre ses coudes, ils sont un peu écorchés. Pas grand-chose. Pour la forme, je lui demande si elle est sûre qu'elle l'a fait exprès et elle répond en levant les yeux au ciel, comme si la réponse était évidente.

En fait, elle est vraiment contrariée. Je n'aime pas la voir comme ça. J'aimerais bien pouvoir lui prendre sa colère juste en claquant des doigts.

En plus, si elle est déjà de mauvaise humeur, qu'est-ce qui va se passer ce soir si mon petit frère lui colle son doudou sous le nez ou si ma mère lui demande pourquoi elle s'appelle Chine, où habite sa grand-mère et combien elle a eu à la dernière interro ?

Le cours de sport est fini et Chine a encore son orage qui gronde. Je n'arrête pas de lui répéter que ce n'est quand même pas bien grave, elle s'en fout complètement. Elle me dit que c'est moi qui ne comprends rien et qu'on n'a qu'à plus se parler du tout, comme ça au moins, on ne risquera pas de se disputer. Alors ça, c'est la meilleure : c'est Amanda qui pousse Chine et c'est moi qui me fais engueuler. Si on était n'importe quel autre jour, je la planterais bien sur place et j'irais rejoindre les autres !

Mais aujourd'hui, c'est différent, je ne peux vraiment pas. Il faut que je la ménage, qu'elle soit bien disposée pour venir chez moi. Sinon, j'ai peur qu'elle me laisse tomber, surtout quand elle verra que j'ai une chambre minuscule, pas de jardin et que mon père est au chômage.

— Mais qu'est-ce que tu veux que je fasse ? On n'est pas en CP, je ne vais quand même pas lui rendre la pareille pour te venger ? Et si tu ne lui parles plus, ça ne suffit pas ?

Chine hausse les épaules.

— Je ne lui parle déjà pas.

Je me creuse la tête à la recherche d'une idée.

— On n'a qu'à dire à nos parents de ne pas voter pour sa mère !

— Pffff.

— Épiler son chat ?

Elle pouffe de rire. C'est toujours ça de pris. Je continue :

— Lui planquer ses habits après la piscine !

— Timothée, la piscine, c'était au premier trimestre. On n'y va plus, là.

— Ah ! ouais, c'est vrai. Mais c'était bien trouvé, avoue. Et t'as pas une idée, toi ?

Chine me regarde et une petite lumière s'allume dans ses yeux :

— Si.

Ouf, sauvé. Dans cinq minutes, cette histoire sera réglée. Et tout à l'heure, chez moi, tout ira comme sur des roulettes.

— C'est quoi ?

— On va lui piquer son iPod.

Est-ce que j'ai bien entendu ? Mais pourquoi elle dit ça ? Elle continue :

— Non, attends, j'ai une meilleure idée. On va plutôt lui piquer son agenda. Elle est toujours en train de le faire circuler aux autres pour qu'ils écrivent des mots dedans, ça lui fera les pieds. Il paraît même qu'elle y tient une sorte de journal intime, on va bien se marrer.

Qu'est-ce qui lui arrive ? Je ne la reconnais pas. Elle doit blaguer. Elle se tait quelques instants avant d'ajouter :

— En plus, elle ne me l'a jamais donné, à moi. Allez, vas-y pendant que c'est encore la récré !

— Comment ça, vas-y ?

— Ben oui, tu m'as demandé ce que je voulais que tu fasses, alors je te le dis : vas-y, pique-lui son agenda !

Je n'en reviens pas. Elle est sérieuse. Déjà

que je la trouvais nulle, son idée, je suis encore moins convaincu si c'est à moi de m'y coller. Hors de question d'aller fouiller dans le sac de quelqu'un pendant que personne ne me voit, même s'il ne s'agit que d'un agenda.

— Attends, tu peux pas me demander ça, Chine !

— J'en étais sûre ! Tu t'en fous de moi !

Dans deux secondes, soit elle pique une crise, soit elle s'en va. Si je lui dis de se débrouiller toute seule, ça sera encore pire, tout sera fichu entre nous. Finis les samedis au bord de sa piscine, les soirées passées sur MSN ou nos après-midi haïkus, moi qui écris et elle qui les dessine à côté. Finis tous ces moments où, quand on se parle, ça me réchauffe tout à l'intérieur.

— Oh, arrête un peu, tu sais bien que j'en ai à faire, de toi... Mais quand même, c'est du vol !

— Et alors ! C'est pas grave, c'est Amanda !

Elle me montre ses coudes où ont séché deux minuscules gouttes de sang, on dirait des petites coccinelles figées sur sa peau blanche.

— Je sais, c'est une garce. Mais je n'ai pas envie de lui piquer son agenda ! Et puis c'est débile, elle ne saura même pas que c'est toi, alors je ne vois pas ce...

Elle me lance un regard méchant, moqueur :

— Pfff, ce que tu peux être gamin, parfois !

Je me prends la phrase en pleine figure. J'avale péniblement ma salive. La flamme disparaît aussitôt de ses yeux sombres, mais c'est trop tard, le mal est fait. Je ne dis rien.

Elle se mord le coin de la lèvre. J'ai l'impression qu'elle a l'air un peu embêtée.

D'une voix douce et suppliante, elle reprend :

— Allez, Tiiiim…

Je crois que je n'ai pas le choix. C'est soit l'agenda, soit Chine. Et même si parfois, c'est dur d'être son copain, je l'aime trop pour perdre tout ça.

— Bon, t'as gagné, j'y vais. Mais je te préviens, on lui rendra après, hein ! Et c'est la dernière fois que je fais un truc pareil, t'as compris ?

Chine se glisse entre mes bras en souriant, j'ai l'impression qu'on est à nouveau une équipe, c'est bon, c'est doux, c'est juste ce dont j'avais besoin.

— Je te promets !

8

16 MARS, 16 HEURES 02

J'avance dans le couloir, il n'y a personne. Je me dépêche : je n'ai pas beaucoup de temps, ça va bientôt sonner.

Mes baskets crissent sur le parquet, j'ai l'impression que dans la cour, tout le monde va m'entendre. Je me demande si j'ai bien fait d'accepter. Qu'est-ce qui va se passer si je me fais prendre ?

J'arrive devant la porte de la classe. « 4e Bleu », c'est écrit dessus. Je peux encore changer d'avis. Je n'ai qu'à faire demi-tour. Je retourne dehors et je dis à Chine qu'elle n'a qu'à aller se faire voir.

Et elle ne me parlera plus jamais de la vie. Et ça, ce n'est pas possible. Déjà que, tous les deux ans, je perds mes copains parce qu'on déménage, si cette fois je perds ma copine au bout de trois mois sans même changer d'endroit...

Je n'ai pas le choix. Il faut que je le fasse. Je vais le prendre, cet agenda. Je vais le donner à Chine et je serai débarrassé.

Après tout, c'est vrai, c'est celui d'Amanda, pas celui de Barack Obama. Et puis, qu'est-ce que je risque ? Au pire, je serai collé. Tu parles d'une affaire.

Un coup d'œil à droite, un coup d'œil à gauche. J'inspire et... j'entre dans la classe comme si je plongeais dans une piscine remplie de piranhas. Mon cœur bat si fort qu'à chaque coup, on dirait que mon pull se soulève un petit peu.

Je me dirige vers la place d'Amanda, j'avance vite tout en essayant de me faire très léger, même si je ne suis pas sûr que cela soit très utile. J'y suis presque. PINNNG ! Qu'est-ce que c'est que ce bruit ? Je me retourne. Personne. Pas de panique, c'est juste un double décimètre en fer. J'ai dû le renverser en passant trop près du bureau de Clarisse. Expire, Timothée. Reprends ton souffle. Mon cœur a tapé si fort que je me demande comment c'est possible qu'il n'ait pas traversé mon pull. Oh ! punaise. Je suis peut-être cardiaque.

Il faut vraiment que je me dépêche, les autres vont bientôt arriver. Mais plus je me dis ça et moins j'arrive à respirer.

L'East Pack d'Amanda est déjà ouvert. Je regarde à l'intérieur : il y a un paquet de mouchoirs, deux livres et l'iPod orange. Mais pas de cahier de textes. Je plonge la main dans la poche de devant : il n'y est pas non plus. Et ça, qu'est-ce que c'est ? Yerk, un vieux trognon de pomme.

J'ai chaud. Je suis sûr que je suis tout rouge. Il est où, ce cahier de textes ? Elle ne l'a quand même pas emmené en sport ?

Je regarde sur le bureau, je soulève le livre de maths et c'est alors que je le vois. L'Agenda d'Amanda. Recouvert de photos d'identité avec ses copines et de « love » tracés au feutre noir. Ça y est ! Il est là ! Je l'ai ! J'ai l'impression d'être un chercheur d'or qui vient de trouver la pépite qui lui permettra de passer le reste de sa vie à se tourner les pouces en admirant le soleil couchant.

Je glisse le trésor sous mon pull et, à toute vitesse, je fonce vers la porte de la classe derrière laquelle je serai sauvé. Je croyais que, une fois que ce serait fait, je me sentirais soulagé, mais finalement, c'est plutôt l'inverse. C'est plutôt comme si j'avais mangé douze douzaines d'escargots. Coquilles comprises.

Je pose la main sur la poignée. Maintenant, j'en suis sûr. Je n'aurais pas dû faire ça, c'était complètement crétin. Je ne sais pas pourquoi, mais je le sais. J'ai peut-être encore le temps de retourner le reposer. J'arriverai peut-être à convaincre Chine que ce n'était pas une bonne idée. Je regarde ma montre : ça va bientôt sonner. Je le repose, ou pas ?

Dans ma main, je sens soudain la poignée bouger. Sauf que ce n'est pas moi qui l'ai tournée.

Mme Chabert réajuste ses lunettes avec l'index et me dévisage, surprise :

— Eh bien, Timothée, qu'est-ce que tu fais là ? Aucun élève n'a le droit de rentrer dans les salles à l'intercours, tu connais le règlement du collège !

Et voilà. Ça devait arriver, j'en étais sûr. J'aurais dû m'en douter, je n'ai jamais de bol.

— Mais tu es tout rouge ! Qu'est-ce qu'il y a ?

Je reste planté sans rien dire. Mes oreilles me brûlent. C'est pas possible d'être aussi nul.

Elle me regarde quelques instants puis ajoute :

— Qu'est-ce que tu as sous ton pull ? Fais voir ?

J'ai envie de m'enfuir par la fenêtre, mais je ne peux pas bouger. Et puis de toute façon, sur les fenêtres, il y a des barreaux. Je ne trouve toujours rien à dire pour m'expliquer.

Mme Chabert met les mains sur les hanches :

— Timothée, montre-moi !

Rien à faire, j'ai les pieds collés. Peut-être que je suis vraiment cardiaque et que j'ai tellement été surpris que je vais rester paralysé toute la vie.

— Montre-moi !

Elle me prend le bras et découvre le cahier de textes :

— Un... un agenda ?

Elle commence à le feuilleter puis relève la tête vers moi, l'air de ne pas comprendre :

— Mais, qu'est-ce que tu fabriques avec l'agenda d'Amanda ?

Je respire à fond et ça y est, je peux à nouveau réfléchir.

C'est pas possible de paniquer comme ça. Après tout, rien de grave n'est arrivé.

C'est alors que quelque chose vole à mes pieds. Mme Chabert et moi, on baisse la tête en même temps pour regarder. Ce sont deux billets de vingt euros. Sans bouger, je regarde la prof ramasser les bouts de papier, comme si je n'étais pas là, comme si je flottais à l'extérieur de moi. La voix de la prof me ramène sur terre, le choc est rude.

— OK, je comprends mieux, maintenant.

Elle braque ses énormes yeux sur moi, je me sens comme un singe dans un laboratoire de cosmétiques.

Je secoue la tête de toutes mes forces. Oh non, tout mais pas ça. Chez moi, on ne roule peut-être pas sur l'or, mais on n'a jamais volé quoi que ce soit !

— Je ne savais pas ! Je ne savais pas qu'il y avait de l'argent dedans !

— Attends, tu vas me faire croire que tu voulais juste lui prendre son agenda ?

— Non ! Enfin si !

Je ne sais plus quoi dire. J'ai les yeux qui commencent à picoter. Je crois que je connais cette sensation. J'essaie de respirer très fort, je me pince l'oreille et je compte jusqu'à dix. Mais quoi que je fasse, je n'y peux rien, c'est comme une vague qui arrive. Je crois que j'ai envie de pleurer.

— Tu me déçois, Timothée.

Mme Chabert enlève ses lunettes et se passe la main sur les yeux. Soudain, je pense à quelque chose qui me vrille aussitôt l'estomac. Et si elle m'accusait de lui avoir volé l'ancienne paire ? Je vous en prie, faites qu'elle n'y pense pas. Faites qu'elle n'y pense pas !

Trop tard. Une larme coule. J'ai treize ans et je dois avoir l'air stupide, mais c'est plus fort que moi. Je me fais honte à moi tout seul, De tout, de ne pas avoir pu refuser d'aller chercher cet agenda minable, de m'être fait piquer et de ne même pas avoir trouvé un prétexte valable pour m'excuser.

Mme Chabert fait « non non non » de la tête. Et moi, je suis tellement occupé à essayer de ravaler mes larmes que je n'arrive même pas à dire que je n'y suis pour rien, ni pour l'agenda, ni pour les lunettes.

— Allez, calme-toi. On va finir le cours et on reparlera de ça tout à l'heure.

Elle range les billets dans le cahier de textes et me le tend.

— Tu vas le remettre où tu l'as trouvé. Et ensuite, tu vas t'asseoir à ta place. Moi, je vais chercher les autres.

9

16 MARS, 16 HEURES 13

J'entends du bruit dans le couloir. Mme Chabert entre dans la classe, les autres élèves la suivent en file indienne. Je cherche Chine du regard. Je ne suis pas revenu dans la cour, elle a dû comprendre. Elle avance derrière Hassan, la tête bien droite et sa queue-de-cheval qui se balance à chaque pas. Elle s'assoit à côté de moi, elle ne me regarde même pas. Je la fixe du regard, du plus fort que je peux, en espérant que ça l'oblige à me regarder. Mais ça ne marche pas.

— Chine ?

Pas de réponse. Elle regarde toujours droit devant.

Je n'en reviens pas. Elle fait comme si je n'existais pas.

Chine. Ma Chine, mon pote, mon amour, mon équipe.

Je la pousse du coude. Elle me chuchote :

— Fous-moi la paix !

J'ai l'impression d'être tombé à l'eau et de la voir, sur le bateau qui s'éloigne, me faire signe de la main. J'ai un goût de ferraille dans la bouche.

— Hé, tu ne vas pas me laisser tomber ? Tu ne sais pas ce qui s'est passé !

Elle ouvre son cahier et ne me répond pas. J'ouvre aussi le mien, mais je n'arrive même pas à relire ce qui est écrit, dans ma tête, c'est tout brouillé.

Pourquoi elle ne dit rien ? Ça ne veut rien dire, pour elle, toute cette année qu'on a passée ? Qu'il n'y ait que moi qui sache voir ses fossettes, que son troisième prénom c'est Berthe ou que sur la nuque, elle a un grain de beauté en forme de lune ? Que je lui ai lu tous mes haïkus ? Qu'elle les a aimés ? Et que je sois le premier qu'elle ait embrassé, ça ne compte pas, ça ?

Je pense à la tête de mes parents quand ils vont savoir ça. Ma mère est capable de se mettre à pleurer, elle va dire que je suis la honte de la famille et je vais être privé de sortie jusqu'à l'été. Tout ça pour un agenda.

Je le savais que je n'aurais pas dû faire ça. Je le savais ! Si seulement je pouvais recommencer la journée ! Je me lèverais, je prendrais mon petit-déjeuner, je m'habillerais… et puis non, je retournerais directement dans ma chambre et je m'y enfermerais comme un hikikomori[2] au Japon, jusqu'à la fin de l'année et peut-être même plus.

Driiiiiing ! C'est la fin de la journée. Tout le monde range ses affaires. Paul drague Marion, Diane refait ses lacets et Ariane tire sur sa jupe pour ne pas se prendre une remarque de sa mère. Ils vont tous rentrer chez eux, faire leurs devoirs, aller sur Facebook en faisant croire à leurs parents qu'ils vont se coucher. Moi, je donnerais tout ce que j'ai pour faire pareil.

Chine ferme son sac, elle se lève et sort de la classe sans se retourner, ça me donne envie de hurler.

Il n'y a plus personne, sauf Mme Chabert et moi.

---

2. Mot japonais qui désigne une maladie touchant principalement des adolescents, qui restent enfermés dans leur chambre durant plusieurs mois voire années, sans aucune communication avec l'extérieur.

— Alors, Timothée, maintenant, on va s'expliquer.

Elle s'approche de moi et s'assoit sur le bureau juste en face du mien. Elle enlève ses lunettes et croise les bras :

— Je rentre dans la classe pendant la pause et je t'y trouve, tout seul, l'agenda d'Amanda sous le pull et un air tellement coupable qu'on a l'impression que c'est écrit sur ton nez. Un agenda qui contenait quarante euros. Alors maintenant, tu m'expliques.

Je cherche une excuse qui pourrait tout arranger. Dans mon cerveau, ça turbine à toute vitesse. Mais j'ai beau essayer, je ne trouve rien. Il y a un écran devant moi : la seule chose que je vois, c'est les yeux de Chine quand elle m'a demandé d'aller chercher l'agenda. Je bafouille lamentablement :

— Je ne voulais pas… Et puis je ne savais pas, pour l'argent, je vous jure…

Mme Chabert remet ses lunettes, ça fait au moins le dixième aller-retour.

Je pense à Chine qui doit être en train de rentrer chez elle et qui m'a laissé tomber comme un vieux coton-tige. C'est dégueulasse.

— Je vais avertir le CPE. Il appellera sûrement tes parents. Si tu as des problèmes d'argent, ce n'est pas comme ça qu'il faut les résoudre, Timothée.

Des problèmes d'argent, elle a dit.

J'ai tellement honte que ça me brûle les joues. Sa voix résonne dans ma tête. Je voudrais m'enterrer sous le plancher.

Quelqu'un frappe à la porte. Mme Chabert se retourne :

— Oui ?

À l'entrée de la salle se tient Chine, toute blanche sous ses cheveux d'encre. Qu'est-ce qu'elle fait là ? Si ça se trouve, elle a eu peur que je l'accuse et elle vient dire que j'ai tout inventé, que c'était mon idée et qu'elle n'avait rien à voir avec tout ça.

Pfff, elle ne sait même pas que je ne l'ai pas dénoncée.

— Euh… madame ?

Elle a un air fatigué, elle me fait penser à ma mère quand elle revient du supermarché avec mon petit frère et tous les sacs.

— Oui, qu'est-ce qu'il y a, Chine ?

— Je voulais… je voulais vous dire quelque chose.

— Eh bien, vas-y, je t'écoute !

— Pour l'agenda d'Amanda… c'est de ma

faute. C'est moi qui ai demandé à Timothée d'aller le chercher.

Mme Chabert ne dit rien, son regard passe de Chine à moi, de moi à Chine. Chine continue :

— On s'est disputées pendant le sport... j'ai voulu me venger.

— En lui volant les quarante euros que l'agenda contenait ?

Soudain, on dirait que j'ai reçu un coup de poing dans le ventre. Je n'y avais pas encore pensé, mais... et si Chine savait qu'il y avait de l'argent dans l'agenda ? Si elle le savait et qu'elle ne me l'avait pas dit ?

Chine devient plus pâle, ses yeux sont tout creusés.

— Quels quarante euros ?

Je la regarde attentivement. Elle a l'air tellement surprise que c'est impossible qu'elle joue la comédie. Je ne peux pas me tromper à ce point. Je la connais quand même un peu. Enfin, je crois.

Chine ajoute d'une voix que je ne lui connais pas, mal assurée :

— J'ai juste demandé à Timothée de me ramener l'agenda d'Amanda ! Parce qu'elle y tient et que je savais que ça allait l'embêter !

Attendez, si j'avais su qu'il y avait de l'argent dedans, je n'aurais rien fait !

Mme Chabert se tait pendant quelques instants, puis se tourne vers moi :

– Timothée, tu confirmes ?

Mes yeux croisent enfin ceux de Chine. Ils ne cherchent plus à m'éviter. Ils s'accrochent aux miens. Je hoche la tête même si je sais que ça ne change rien, que mes parents seront quand même convoqués et que je serai quand même privé de sortie. Mme Chabert continue à nous parler, mais je n'écoute plus. Avec Chine, on est trop occupés à se regarder, comme si on pouvait se dire des milliers de choses avec nos yeux.

Les mots « je suis désolée » se forment sur ses lèvres. C'est peut-être une menteuse et une voleuse, mais elle est venue m'aider. Elle ne m'a pas laissé tomber.

Je suis triste et heureux à la fois : triste que cette histoire idiote soit arrivée, mais heureux qu'en ce moment, Chine soit ici et pas chez elle en train de lire tranquillement ou de chatter sur MSN avec les autres. J'ai envie de l'embrasser et en même temps, de lui crier que je la déteste. Je ne sais pas si c'est normal.

Chine a la tête baissée, je ne vois pas ses yeux, je me demande si elle aussi, elle a envie de pleurer.

10

16 MARS, 18 HEURES 47

On sort du collège. Dehors, il fait froid et il pleut, des petites gouttes toutes fines et silencieuses. Je pense à ma mère qui doit s'inquiéter que je ne sois pas encore rentré.

La rue est quasiment vide, il y a juste une longue voiture noire dont les feux s'allument quand on arrive sur le trottoir. C'est celle de Chine, avec dedans, son chauffeur-majordome qui nous attendait pour nous conduire chez moi. Je me demande combien de temps il serait resté planté là sans rien faire, sans s'inquiéter de rien, si la prof de maths ne nous avait pas laissés sortir. Ma mère, elle, aurait déjà retourné le collège tout entier pour me retrouver.

Avec Chine, on ne s'est rien dit depuis qu'on est sortis de la classe. On s'est expliqués pendant longtemps avec Mme Chabert et je crois qu'elle nous a crus. Finalement, elle nous a laissés partir sans appeler le CPE ou nos parents. Elle dit qu'à treize ans, on doit prendre ses responsabilités, on doit savoir si on veut en parler, et à qui. Elle a encore une envie de nous faire confiance, et c'est à nous de la saisir, elle a dit. Chine a pleuré quasiment tout le temps, je ne pense pas que ce soit seulement à cause de l'agenda. Elle a encore les yeux tous gonflés.

— Tu veux qu'on te ramène ? elle me propose en désignant la voiture de la tête.

À cette heure-ci, il ne doit plus y avoir qu'un bus par demi-heure, alors tu parles que je veux que tu me ramènes.

On grimpe dans la voiture. Ça sent le cuir et les sièges sont tellement confortables qu'en temps normal, je pourrais m'endormir direct. Très loin, j'entends la voix de Chine qui dit quelque chose au chauffeur.

La voiture démarre presque sans faire de bruit, comme dans les publicités.

Chine a la tête tournée vers la fenêtre. Derrière elle, les lumières défilent à toute allure.

C'est bizarre, j'ai l'impression que ce n'est plus vraiment la même qu'avant. Elle a quelque chose de différent. Pourtant, elle a toujours ses cheveux sombres, sa peau lisse et ses belles fringues qu'elle n'a pas récupérées de son cousin. Mais j'en suis sûr, il y a quelque chose d'imperceptible qui a changé, et ça m'énerve de ne pas trouver ce que c'est. Pourquoi, quand je la regarde, les papillons n'ont plus l'air de vouloir s'envoler ? J'ai lu quelque part que ça ne vivait qu'une journée, les papillons. Peut-être que les nôtres ont déjà fini la leur. Peut-être que je ne suis plus amoureux de Chine. Est-ce que c'est possible, en un après-midi, de ne plus aimer quelqu'un ? Est-ce que ce n'est pas censé mettre plus longtemps à disparaître, l'amour ?

Pourtant, je voudrais encore l'aimer. J'étais prêt à l'aimer toute ma vie, moi ! Je ne sais pas comment il faut faire pour que tout redevienne comme avant. Moi et Chine. Chine et moi. Je me recroqueville sur le siège et à l'intérieur de moi.

Je lui en veux, c'est de sa faute. Pourquoi elle m'a demandé de voler ? Pourquoi elle m'a menti ? Si ça se trouve, il y a encore plein de trucs qu'elle m'a racontés et qui sont faux. Si ça se trouve, elle n'en a jamais rien eu à faire, de mes haïkus. Peut-être même qu'elle trouvait ça débile et qu'elle se foutait de moi.

Sale menteuse. T'as tout gâché.

J'en ai marre, je voudrais que cette journée soit terminée. C'est fatigant, de ne plus vouloir être soi. Je voudrais ne plus penser à tout ça, que quelqu'un fasse le vide dans ma tête. J'ai hâte de rentrer chez moi, que ma mère m'en colle une en hurlant « mais t'étais où ? » et que mon petit frère me suive jusqu'à ce que j'accepte de jouer avec lui. La voiture s'arrête. Je colle mon nez sur la vitre. On est déjà dans la rue juste en bas de chez moi.

J'attrape mon sac et je remercie le chauffeur. Je jette un œil à Chine, qui me regarde comme si elle attendait qu'il se passe quelque chose. Je crois que j'ai envie de lui parler, mais je ne sais pas quoi lui dire. Alors je murmure juste « à demain » et je descends.

Je marche sur le trottoir. Devant moi, je vois les lignes d'un haïku que je n'avais, je m'en rends compte maintenant, jamais vraiment compris :

Tout a brûlé
heureusement, les fleurs
avaient achevé de fleurir.

Ça ne peut pas se terminer comme ça, nous deux. C'est trop minable, comme fin.

Et pourtant si, c'est dingue, mais c'est ce qui est en train de m'arriver.

11

16 MARS, 19 HEURES 23

Je pousse la porte de l'immeuble. Ça sent l'odeur du lundi, c'est-à-dire la Javel que le concierge verse dans les coins, chaque début de semaine, pour tenter de masquer l'odeur d'urine de chat. Ou d'urine tout court.

— Timothée, attends !

Chine a couru derrière moi. Elle me lance un sourire timide et se met à observer autour d'elle. Bienvenue chez moi. Magnifique, la cage d'escalier, n'est-ce pas ? Je repense à la première fois où je suis allé chez elle. J'ai envie de rire : je suis sûr que cette fois, c'est elle qui n'a jamais vu ça.

— C'est là que tu habites, alors ?

J'ai plein de réponses toutes prêtes à donner, que dans mon quartier, on n'a peut-être pas de beaux arbres taillés en boules ou des fontaines avec des Grecs dessus, mais qu'on a bien mieux que ça.

— Timothée… Je suis nulle.

Elle se remet à pleurer. Je ne pensais pas qu'il pouvait lui rester des larmes.

— Je suis tellement désolée ! C'est toi qui avais raison. Je te demande pardon !

Elle m'a presque supplié. Je ne l'ai jamais entendue dire ce genre de choses. Ma Chine solaire, tellement fière, tellement sûre d'elle, tellement… tellement mon contraire.

Des bruits arrivent en provenance de l'escalier. Ça doit être Mme Kostajiewic qui descend les poubelles avec son chien. Faut qu'on s'en aille, je ne veux pas qu'elle me trouve ici avec une fille qui pleure et qu'elle n'a jamais vue, sinon, la connaissant, elle risque de filer chez les autres voisines et raconter n'importe quoi.

— Viens, je lui dis, reste pas là.

Je n'ai pas envie de monter chez moi, alors je l'entraîne dehors. Il ne pleut presque plus. Je balaie du regard les abords de mon immeuble, à la recherche d'un endroit où l'on pourrait s'asseoir. J'avance jusqu'au banc du petit square, mais il est trempé. Mon regard tombe sur l'abribus. Il est un peu tagué, mais au point où j'en suis, ça fera bien l'affaire.

Chine me suit à petits pas, puis s'installe à côté de moi. Ses joues claires sont humides de pluie ou de pleurs, ou les deux.

D'abord, ni elle ni moi ne disons quoi que ce soit. J'aimerais qu'il y ait un bruit, là, n'importe quoi plutôt que ce silence qui me gêne pour la première fois.

Alors, sans la regarder, je lui demande :

— Qu'est-ce qui t'a fait changer d'avis ?

La route s'éclaire sous les phares d'une voiture puis retombe dans la pénombre. Quelques secondes s'écoulent, vides de lumière et de bruit.

Puis Chine répond, d'une voix fragile, qui ne lui ressemble pas :

— Au départ, quand j'ai vu la tête de la prof et quand j'ai compris que tu ne reviendrais pas, je me suis sentie comme… piégée. Je ne sais pas, je… c'était un réflexe, je voulais juste oublier, peut-être faire comme si rien ne s'était passé. Sauf que ce n'était pas possible. Je ne pouvais pas te laisser. Je me sentais trop mal, à t'imaginer avec Chabert alors que tout était de ma faute.

— Comme si rien ne s'était passé ? Tu te sers de moi pour faire ce qui te chante et quand ça foire, tu fais juste tomber le rideau ? Tu t'en rends compte, ou pas ?

L'histoire de l'Afrique et de ses parents me revient en tête, ça me dégoûte encore plus. Je revois son air moqueur, ça me fait aussi mal que si je vivais la scène une seconde fois.

— Pourquoi tu fais ça, Chine ? Pourquoi tu m'as menti, pourquoi tu voles ?

Je repense à sa chambre et à tout ce qui y est entassé. Si ça se trouve, la moitié des choses qui y sont ne lui appartiennent pas. Si ça se trouve, elle vole chez les autres, ou au supermarché.

Elle explose en sanglots. Je suis triste pour elle mais je ne bouge pas. Il y a quelque chose qui me bloque et qui m'empêche de m'approcher pour la consoler.

Ses pleurs redoublent, puis elle se tourne vers moi. Sa voix se brise :

— Il n'y a personne qui s'intéresse à moi !

Je ne comprends pas.

— Pourquoi tu dis ça ?

— J'ai pas de famille !

— Mais, t'as tes parents…

Au milieu de ses larmes, elle éclate d'un rire mauvais :

— Mes parents ? Tu ne les connais pas, mes

parents. Avec leur fric, ils croient qu'ils peuvent tout acheter. Mais j'en ai rien à foutre, moi.

Elle continue, dans un flot de paroles qui se répand tout autour de moi :

— Tu sais ce que c'est d'avoir des parents qui savent à peine dans quelle classe tu es ? de toujours manger toute seule devant ton assiette ? Je fais tout pour qu'ils me trouvent à la hauteur ! J'ai des bonnes notes en cours, je suis arrivée deuxième aux départementaux de judo, je fais la poupée savante à leurs vernissages, je joue du piano devant leurs invités, et tout ça pour quoi ? Pour rien, pour être juste rien. À leurs yeux, je dois juste être un truc… décoratif. Je suis leur fille, merde ! Qu'est-ce qui cloche chez moi, pour qu'ils ne me regardent même pas ?

Elle retombe, abattue. On dirait qu'elle s'est vidée de toute son énergie, comme si elle venait de courir un 100 mètres. Elle reprend son souffle et chuchote :

— Timothée, je t'en prie, ne me laisse pas… ne me laisse pas.

Pauvre Chine. Moi qui te croyais si forte, si fière, si indépendante, je me suis complètement planté. Je m'en veux d'avoir été si naïf, de ne pas avoir su voir que ça n'allait pas.

— Pourquoi tu ne m'as rien dit ?

Je pose la question mais je n'attends pas vraiment de réponse. J'essaie de me mettre à sa place : j'imagine que ce n'est pas vraiment le genre de chose facile à avouer. Ça doit déjà être assez dur de se l'avouer à soi-même.

Je repense à la scène chez Victor. Elle avait pourtant bien essayé.

Alors, sans vraiment comprendre ce qui se passe, je la prends dans mes bras. Ça se fait tout seul, je ne réfléchis pas, je sais juste que j'ai envie de la serrer fort contre moi. Je respire l'odeur de son cou.

— Chuut, ça va aller... j' te laisserai pas, j' te laisserai pas...

On reste là, collés comme si on n'allait jamais plus se séparer. La pluie a laissé des petites perles transparentes sur ses cheveux sombres. Je ferme les yeux. Avec beaucoup d'efforts, on pourrait presque croire que rien ne s'est passé. Je les ouvre à nouveau et la sensation disparaît. Je sais bien que nous deux, ça ne sera plus jamais comme avant.

Je revois le jour où j'ai débarqué dans la classe. C'était il y a mille ans. Dire que je cherchais absolument à me rendre intéressant. Si elle n'avait pas menti, est-ce que les choses auraient été différentes ? Est-ce que j'aurais été amoureux d'elle ?

Mme Chabert nous a laissé une chance. Peut-être que nous aussi, on devrait s'en donner une.

Ce n'est pas moi qui vais faire changer ses parents, mais je peux être à ses côtés. Je peux peut-être l'aider à sortir de sa coquille. À ne plus jouer du piano si ça la barbe. À dire à ses parents ce qu'elle ressent. À arrêter de mentir et de voler. À être juste elle, comme au photomaton, quand elle rit et qu'elle se fiche de ce que les autres pensent.

Je ne sais pas si tu peux y arriver, mais je veux bien t'aider. Je ne sais pas si ça marchera, mais on peut toujours essayer.

Je respire à pleins poumons l'air humide et froid, et je la serre encore plus fort contre moi.

C'est la première fois que j'ai autant l'impression de savoir à quoi je sers. Je suis important pour quelqu'un, et je suis Timothée Lambert.

Table des chapitres

Quand j'étais une fringante ado (sans rides, sans chef et sans enfants !), je partageais mon temps entre les compétitions de gymnastique, le lycée et les bouquins. Je lisais à peu près tout ce qui me tombait sous la main !
Maintenant que je suis une raisonnable maman de trente-deux ans, je me sens bien trop vieille pour jouer les aventurières sur une poutre... alors, en plus de continuer à lire, je me suis mise à écrire ! Et le plus fou, c'est que ça a marché... la preuve, vous venez de terminer un de mes romans.
Prêt à recommencer ?

Annelise Heurtier

Du même auteur, aux éditions Casterman,
Le Carnet rouge